AF383961

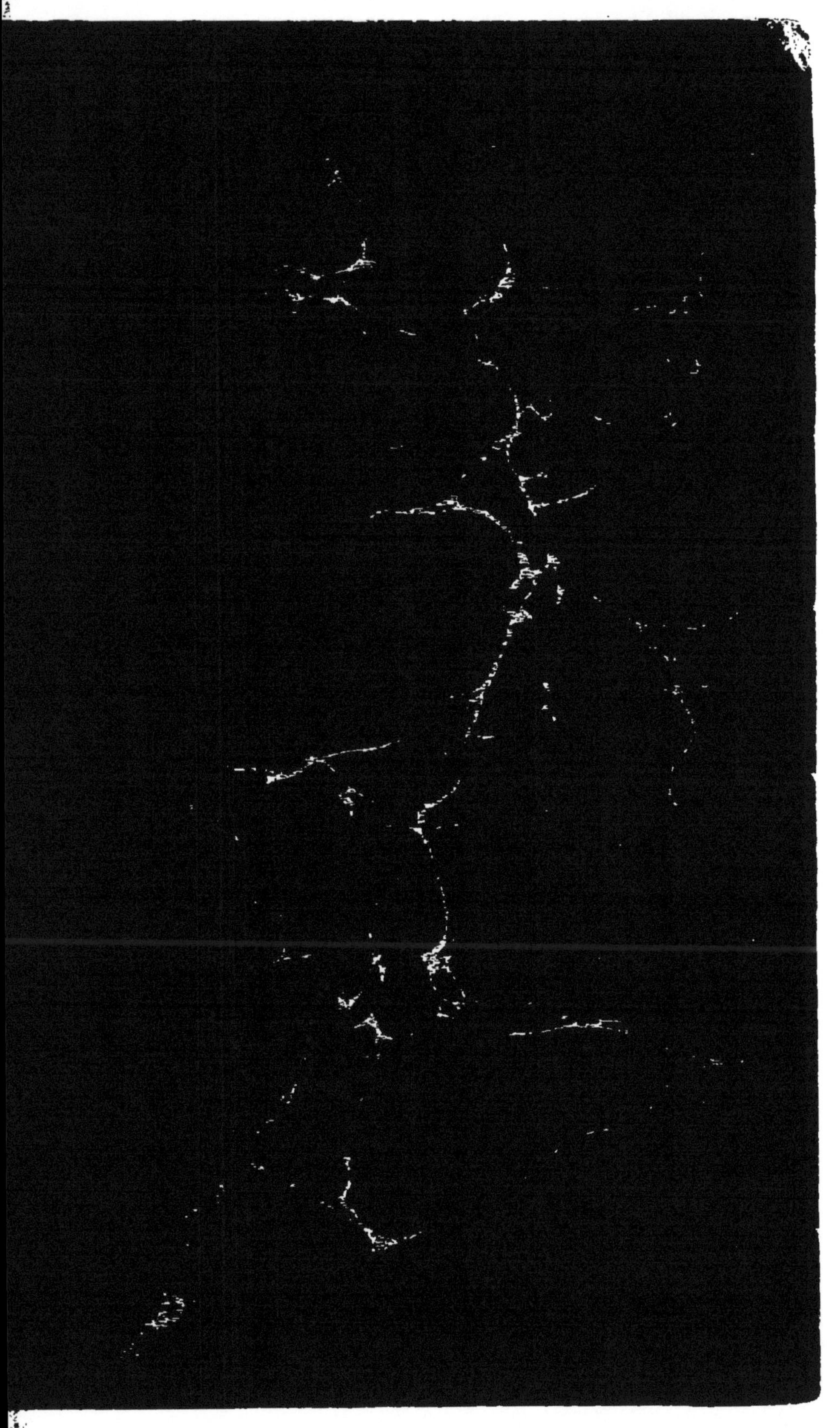

BIBLIOTHÈQUE
FACÉTIEUSE
HISTORIQUE ET SINGULIÈRE

^e Livraison.

BIBLIOTHÈQUE

FACÉTIEUSE

HISTORIQUE ET SINGULIÈRE

OU RÉIMPRESSION

DE PIÈCES CURIEUSES, RARES OU PEU CONNUES

DES XVe, XVIe ET XVIIe SIÈCLES

PARIS

CHEZ A. CLAUDIN, LIBRAIRE

12, RUE D'ANJOU-DAUPHINE

(AU PREMIER)

M. DCCC. LVIII.

C.

TIRÉ A 200 EXEMPLAIRES.

Papier vergé . . . .   112 exempl.
  — de couleur.   30   —
  — de Chine   10   —
Grand papier de Hollande.   25   —
  — de couleur.   15   —
  — de Chine.   6   —
Peau vélin   2   —

                         200 exempl.

ACHEVÉ D'IMPRIMER LE 10ᵉ JOUR DE MARS M DCCC LVIII
PAR J. CLAYE, RUE SAINT-BENOIT, Nᵒ 7, A PARIS.

QUELQUES anciens chanson-
niers, de vieux conteurs, un
certain nombre de pièces curieuses & rares relatives à notre histoire
de France, des opuscules qui, par la
bizarrerie & l'originalité de leur com-
position, pouvaient piquer la curiosité
des amateurs, tels sont les ouvrages que
nous avons eu l'idée de recueillir dans
une collection peu nombreuse mais choi-
sie, à laquelle nous avons donné le titre
de BIBLIOTHÈQUE FACÉTIEUSE, HISTO-
RIQUE ET SINGULIÈRE. Une quinzaine
de volumes environ, imprimés avec soin
sur beau papier vergé & tirés à très-
petit nombre, formeront cette série,

que nous nous efforcerons de rendre digne de l'attention des véritables bibliophiles.

L A première des pièces que nous reproduisons n'a guère d'autre mérite que celui de la rareté. Quant à la seconde, outre son titre piquant (1), elle est, selon nous, d'une tout autre importance : c'est une satire des plus violentes contre le cardinal de Richelieu. On y trouve l'expression énergique du mécontentement universel & des haines implacables que le grand ministre d'État s'était attirées par ses violentes exactions & ses exécutions sanglantes, foulant aux pieds toutes les lois divines & humaines pour satisfaire

(1) *Sur l'enlèvement des reliques de sainct Fiacre, apportées de la ville de Meaux pour la guérison du Q de Mr le cardinal de Richelieu. En Anvers, 1643 ; in-4° de 6 feuillets & de 30 lignes à la page ; le recto du dernier feuillet est occupé par un errata, & le verso est blanc.*

des vengeances que l'on a souvent re-
gardées, à tort ou à raison, comme per-
sonnelles. L'édition originale de cette
pièce historique & réellement curieuse
était restée jusqu'à présent inconnue
aux bibliographes &, partant, aux bibliophiles. Les créatures du Cardinal,
forts de l'autorité royale & de l'appui
de Mazarin, la supprimèrent rigoureu-
sement. Les mesures les plus sévères
ne purent empêcher néanmoins qu'il en
circulât des tirades de bouche en bouche. Presque aussitôt le malencontreux
libelle reparaissait sous une autre forme;
mais la mémoire peu fidèle du nouvel
éditeur n'avait recueilli qu'une partie
de la pièce : des vers entiers y étaient
dénaturés ou interprétés d'une façon
différente. C'est d'après cette copie
très-incomplète qu'il en a été donné
une réimpression dans les *Variétés littéraires* (tome VII, pag. 231-236) de
la *Bibliothèque Elzévirienne.*

LA pièce entière doit se composer de 221 vers ; on n'en compte que 120 dans la réimpression. Des passages très-violents avaient été entièrement omis ; nous avons distingué par des *lettres italiques* les lacunes rétablies. Le texte que nous avons suivi est celui de l'édition originale. Nous avons cru cependant devoir recueillir les variantes de la seconde édition. En quelques endroits où le sens nous a paru un peu obscur, nous avons adopté celle des deux leçons qui nous a paru la plus claire & la plus intelligible. L'imprimeur avouait lui-même n'avoir pu relever toutes les fautes dans son errata : « Comme l'impreſſion eſt tellement cha-« toüilleuſe pour laiſſer paſſer des fau-« tes, ou quelques fois par l'ignorance « de ceux qui tranſcrivent les copies « mal ordonnées comme celle duquel « j'ay fait cette préſente, je te ſupplie, « lecteur, de ſuppléer à ce deffaut.... »

C'est ce que nous avons fait de notre mieux, &, afin d'en rendre la lecture intéressante, nous avons ajouté des notes contenant des particularités piquantes & des anecdotes peu connues sur quelques personnages cités.

LA DÉFENSE DU PET est une pièce facétieuse devenue fort rare; on verra qu'elle est assez bien tournée & ne manque pas de certaines pointes d'esprit. Quant à la dernière pièce composant cette livraison, c'est une chanson satirique contre Théophraste Renaudot, le fondateur de la *Gazette de France* & des Monts-de-Piété à Paris. Il avait ouvert un bureau de consultations gratuites pour les pauvres, et obtint à cet effet du Cardinal de Richelieu des lettres-patentes qui le nommaient *commissaire-général des pauvres valides et invalides dans tout le royaume.* La Faculté de Médecine, jalouse de ses prérogatives, lui intenta

un procès, prétendant que ce passe-
droit n'était qu'un manteau qui cachait
un trafic vil et usuraire. Richelieu était
mort ; la jalousie et les rancunes eurent
le dessus malgré les efforts du gazetier : l'arrêt du Parlement, en date du
1ᵉʳ mars 1644, lui défendit de se servir
désormais de son privilége. De là cette
pièce mordante, pour laquelle nous
avons conservé les notes de l'édition
originale, indispensables à l'intelli-
gence du texte.

REGRETS FUNEBRES

SUR LA MORT DU JOYEUX

RONDIBILIS

Dont tous les honneſtes Goinfres ſont obligez

d'en ſolemniſer la mémoire.

A PARIS

M. DC. XLIX.

REGRETS FUNEBRES

SUR LA MORT DU JOYEUX RONDIBILIS

DONT TOUS LES HONNESTES GOINFRES SONT OBLIGEZ

DE SOLEMNISER LA MÉMOIRE.

EUVEURS de la prime cuvée,
Mangeurs de carpe à l'eſtuvée,
De ragouſt, de ſauce au brochet,
Au temps que le Careſme échet,
Frians que la Parque deſtine
A ſuivre l'odeur de cuiſine,
Plaignez l'injuſtice du ſort
De Rondibilis qui eſt mort.

ONDIBILIS que la mort bleſme
Ravit ſur la fin du Careſme,
En un Jeudy de Foire au lard,
Rondibilis frais & gaillard,
Près du Parvis de Noſtre-Dame,
Dans ſa cuiſine rendit l'âme ;

Cheut étourdy d'un escabeau,
Sous la table fit son tombeau.

Rondibilis de belle taille,
Rebondy comme une futaille,
Que la mort saifit au collet
Comme un sergent du Chaftelet;
Hélas! que ce fut grand dommage
Qu'il ne peut gaigner le charnage,
Car il eftoit fort préparé
Pour bien faire Rabillaré.

Luy qui devoit, pour sa louange,
Mourir vers le temps de vendange,
Ou bien à Carefme Prenant,
Mais le Carefme entreprenant
Tout dégoufté de fa purée,
S'en fit une graffe curée
Sans crainte du pénitencier,
Ny fans beaucoup fe foucier
De prendre en cas de confcience
Si près de charnage difpenfe.

Pour fa forme il fut beau courtaud,
Le chef tout rond, un peu pataud,
Le front luifant de belle marge,
Serein, vermeil, la tempe large,
Du minois un peu chérubin,
Au refte affez plaifant Robin,
Fort advantagé de mâchoire,
Qui bien tâtoit avant que boire.

S A façon fembloit magiftrale,
Mais fon humeur fut joviale.
Pour maintenir fon embonpoint,
Jamais ferré dans fon pourpoint;
Surtout ami de la nature,
Qui vous relafchoit fa ceinture,
Car il n'euft jamais bien difné
Qu'à plein ventre déboutonné.

P ROMPT & joyeux, doux & honnefte,
D'un gay fouris à clin de tefte
Qui falüoit fort humblement,
Faifant fon petit compliment
A fes voifins de grande chère,
Franc bourgeois, amy, bon compère,
Drolle, joueur & vert galand,
Ne craignant que la mort Roland,
Sçavant en contes délectables
Et quolibets plus mémorables.

I L fut des fuppots autrefois
De la fille aifnée de nos roys;
Mais f'eftant mis à la pratique,
Auffitoft il vous fit la nique
Aux chicaneurs plus anciens
Et plus rufez practiciens.
De là il fit fi bien fa brigue,
Qu'aux plus huppez il fit la figue
Et devint un gros efchevin,
Pour avoir efgard fur le vin,
Et que le fin gourmet n'atrappe
Le fimple bourgeois à l'eftappe;

Puis fut enfeigne de valeur,
Blanc & clairet fur fa couleur.

Telle eft fa mort, telle eft fa vie,
Par tels degrez d'honneur fuivie.
Au demeurant quelqu'un m'a dit
Que Morgard nous avoit prédit
Sa mort par une centurie
Qui demeure à l'imprimerie.
Eftant bien fain d'entendement,
Il ordonna par teftament
Que fon effigie en bannière
Serviroit aux vendeurs de bière,
Comme on la void le verre en main
Près de la porte Sainct-Germain :
Rare exemple d'un politique
Qui, mort, fert à la République !

Il eftoit de fi bon propos
Entre les plats, taffes & pots ;
Ce fut un de fes dits notables
Qu'il faut eftre trois heures à table.
Pour fa devife il avoit mis :
J'ayme vin vieil & vieux amis ;
Que c'eftoit plaifir que de vivre,
Et falloit la nature fuivre.
Il en dit d'autres que j'obmets,
Attendant refroidir les mets,
Qu'il écrivit à l'écritoire
Sur les parois en pierre noire,
Que l'on garde par rareté
Pour marque à la poftérité.

Son nom, gravé dans les annales
Des triomphantes bacchanales,
Revivra malgré le deſtin,
Tant qu'on feſtoyera ſaint Martin
Et qu'au royaume de la fève
Les biberons feront en fève,
Que de roties & d'ypocras
L'on parlera du mardy gras.

FIN.

ACHEVÉ D'IMPRIMER LE 10e JOUR DE MARS M DCCC LVIII
PAR J. CLAYE, RUE SAINT-BENOIT, N° 7, A PARIS.

SUR L'ENLEVEMENT

DES RELIQUES

DE

SAINCT FIACRE

APPORTÉES

DE LA VILLE DE MEAUX

*Pour la guérison du Q de Mr. le Cardinal
de Richelieu.*

EN ANVERS

M. DC. XLIII.

SUR L'ENLÈVEMENT

DES RELIQUES DE S. FIACRE

APPORTÉES DE LA VILLE DE MEAUX

POUR LA GUÉRISON DU Q DE MONSIEUR LE CARDINAL

DE RICHELIEU.

IRACLE, citoyens ! celui dont la fureur
Remplit toute l'Europe & de fang &
　　　　　　　[d'horreur,
Met les grands à l'aumofne & le peuple
Profane les autels & ravage l'Églife,　[en chemife,
Bourrelé de l'excès de fon ambition,
S'alambique l'efprit dans la dévotion (1),
Faiſt rechercher des faints, réclame des reliques (2),
Couvrant de piété des deffeings tyrannicques (3).

---

(1) VAR. S'alambique l'esprit de la religion.
(2) VAR. Recherche les saints lieux, réclame les reliques.
(3) VAR. Couvre de piété ses humeurs tyranniques.

Et vous qui de l'enfer les antres habitez,
Sources d'impiétez, profanes Deïtez
Des cœurs sans conscience & sans foy révérées,
Plus que les saincts du ciel en ce siècle honnorées,
Démons, souffrirez-vous que ce faux Capellan
Que vous faites régner parmi nous en tiran (4).
Et qui par vostre addresse & vostre ministère (5)
Parvint à la faveur qui fait qu'on le révère,
En ses nécessitez aux saincts aye recours
Et d'autres que de vous implore le secours?
Pourrez-vous endurer un si sensible outrage
Et veoir cette action sans dépit et sans rage?
Non, je n'estime pas que ce soit son dessein :
Vous estes ses tuteurs, il suit vostre destin (6);
Tous ces déguisemens sont de vostre fabrique (7),
Il sçait tous les secrets de vostre politique,
Embrasse vos conseils (8), se règle par vos loix
Et brouille comme vous l'Estat des plus grands rois.
Sous lui les plus vaillans conduisent les armées;
La France a pris le nom des Isles fortunées;
Un moine, un renégat, un blanc & l'autre gris (9),

---

(4) VAR. Puisse vivre en repos, qui commande en tyran.

(5) VAR. Que ce fameux ingrat, cet infâme corsaire
       Loge dedans les cieux son âme sanguinaire?

(6) Le texte porte : ... *il sent vostre destin.* Cette leçon fautive est corrigée par M. Fournier. Elle est, du reste, indiquée dans l'errata.

(7) VAR. Tous les déguisemens sont de votre fabrique.

(8) On lit : *Embrasse vos consuls.* L'errata indique encore ce non-sens également rejeté par M. Fournier.

(9) François Le Clerc du Tremblay, plus connu sous le nom de Père Joseph, était le confident de Richelieu, qui ne faisait

Servent infolemment ce cruel Phalaris,
Le plus gros des voleurs difpofe des finances,
Et le plus corrompu tient en main les balances (10) :
Enfin la cruauté, la rage, le dépit,
Ont mis fous ce bon chef les bourreaux en crédit,
Mais toutes les vertus de cette âme bien née,
Ne fe pouvant affeoir, s'en iront en fumée.
Les rares qualitez de ce grand favori
S'étoufferont (11) bientôt, s'il a le Q pourri.
Son ulcère vengeur du fang des innocens,
Que dedans fa fureur il verse pour encens
Au prince de l'enfer, le fauteur de fes crimes,
Sçachant comme il fe plaift en femblables victimes.
Tel que fut autres fois celui des Philiftins,
Lui mangeant tout le Q jusques aux inteftins,
Dans la crainte qu'il a que cette pourriture
Auffi bien que fon Q n'attaque la nature,
Voyant que rien d'humain ne le peut fecourir,

---

rien sans le consulter. Son *Éminence grise* — tel était le surnom qu'on lui avait donné — connaissait si bien les vues politiques de son maître, qu'il n'avait pas besoin de demander des ordres pour agir. Constamment chargé des négociations les plus difficiles, il s'en acquitta toujours avec plein succès. Lorsqu'il tomba malade, Richelieu, voulant l'avoir près de lui, le fit transporter à sa maison de campagne de Rueil, et le soigna à ses derniers moments avec la sollicitude d'un ami. Né à Paris en 1577, il mourut en 1638, vivement regretté du cardinal, qui s'écria en le voyant expirer : « J'ai perdu mon bras droit ! »

(10) VAR. Et le plus corrompu tient en main la balance.

(11) L'imprimé porte : *Seftons feront.* C'est évidemment une faute de typographie, que nous corrigeons d'après le texte donné par M. Fournier.

Le fait aux os des faincts par force recourir,
Pour tafcher d'appaifer cette humeur gangréneuse
Qui fans ceffe s'attache à fa chair farcineufe.
Après avoir en vain en fes néceffitez
De tous les médecins les advis confultez,
Efprouvé la vertu de tous les fpagiriques,
Confondu le fçavoir de tous les empiriques,
Et, ne negligeant rien pour avoir la fanté,
Des moindres charlatans l'artifice tenté,
Exercé fur fon corps toute la chirurgie,
Remué les fecrets mefme de la magie,
Recognoiffant en fin que les moyens humains
Eftoient pour le guérir inutiles & vains;
Chirurgiens affronteurs dont la vaine fcience
A trompé ce puiffant miniftre de la France,
Vous ne méritez pas d'avoir part aux honneurs,
N'ayant plus cet objet digne de vos labeurs (12),
Vos confultations ne font que des chimères.
Pour fauver ce derrière il faut d'autres miftères (13).
La terre ne peut pas foulager fes douleurs (14) :
Elle ne peut fouffrir l'éclat de fes grandeurs.
Le ciel qui feul fournit à fes hautes penfées
Prolongera le cours de fes belles années,
Forcera le deftin (15), fera ceffer fes maux,
Lui rendra la fanté pour prix de fes travaux.
Il importe fort peu que le peuple malade

---

(12) Var. Vous n'aurez plus ce digne objet de vos labeurs.
(13) Var. Pour guérir ce derrière il faut de grands mystères.
(14) Var. La terre ne peut plus soulager ses douleurs.
(15) Var. Forcera les destins. . . . . . .

Des corps reffufcitez vous préfente en parade (16) ;
Retirez-vous d'ici, podagres & teigneux,
Sainɕt Fiacre (17) n'a plus de vertu dans ces lieux (18),
Membres cicatricez par des anciens ulcères
Vous n'avez plus de quoi foulager vos mifères (19) ;
Ce bon fainɕt délaiffant fon temple & fes autels
Abandonne le foing du refte des mortels ;
Encor fon entremife & fa fainɕte prière
Auront affez de peine de guérir ce derrière (20).
Son ulcère voulant venger les innocens (21),

---

(16) VAR. Des corps ressuscitez nous présente en parade.

(17) Suivant la légende, saint Fiacre s'assit un jour sur une pierre pour se reposer ; par l'effet d'un miracle, cette pierre devint molle comme de la cire et garda l'empreinte de la partie de son corps qui s'y était posée. « On conserve depuis plusieurs siècles, dans le monastère de St-Fiacre, une grosse pierre de figure ronde et creusée vers le centre de sa surface. Elle est placée à main gauche en entrant dans la nef de l'église qui porte aujourd'hui son nom, quoique dédiée sous l'invocation de la sainte Vierge, et pour la commodité des pèlerins, aussi bien que pour la décence, on l'a posée sur une espèce de socle ou de piédestal de mastic ou de pierre brute. Ceux qui sont affligés des hémorrhoïdes vont s'y asseoir avec modestie sans s'y dévêtir ni relever leurs habits, et je sçais, de manière à n'en pouvoir douter, que plusieurs personnes, hommes et femmes, y ont trouvé une parfaite guérison. » (DOM TOUSSAINT DU PLESSIS. *Histoire de l'Église de Meaux.* Paris, 1731 ; in-4º, tome I, page 55.)

(18) On lit dans l'édition originale :
Saint Fiacre n'a plus de vertu dans les cieux.
Nous avons cru devoir rejeter cette variante pour adopter celle donnée par M. Fournier.

(19) VAR. Vous n'aurez plus de quoi soulager vos misères.

(20) VAR. Auront assez de peine à sauver ce derrière.

(21) VAR. Son ulcère vengeur du sang des innocens.

De leur rude prifon, de leurs cruels tourmens,
Ne peut quitter fon maiftre en lui laiffant la vie ;
Qui amoindrit fon mal augmente fa folie (22).
Doncque cet infolent en dépit de fon fort (23)
A malgré les deftins fait un dernier effort (24),
Imploré le fecours d'une main fouveraine.
Puifque Juif (25) a rendu fon efpérance vaine (26),
Tous remèdes laiffez il a recours aux cieux (27),
Et rechercha des faincts les os plus précieux ;
Mais l'Éminent croyant la grandeur offencée
S'il en faifoit un pas de fa chaire percée,
Dans le befoing qu'il a d'un fainct pour le guérir
Au lieu de l'aller veoir, il l'envoye quérir.
Il croit, comme fon Roy, doux & très-débonnaire
Pour ce monftre inhumain & ce cœur fanguinaire,
Contre la bienféance & contre la raifon,
Le ya trouver fouvent jufques dans fa maifon ;

---

(22) VAR. Ny amoindrir son mal, augmentant sa folie.

(23) VAR. Ce traître néanmoins, en dépit de son sort.

(24) VAR. Et malgré le destin, fait un dernier effort.

(25) Jean-Jacques Juif, chirurgien du roi et du cardinal, avait déjà fait l'opération à Richelieu et l'avait « charcuté à bon escient. » (Voir les Mémoires de Tallemant Des Réaux, tome II, page 229, édit. in-12.)

(26) VAR. Puisqu'elle a rendu son espérance vaine.

(27) Dans la seconde édition, les vers sont intervertis. On y lit le passage suivant :

> Nogent, le plus falot de tous les favoris
> Avec un plein pouvoir est party de Paris
> Pour ravir cet ancien protecteur de la Brie,
> Enlever saint Fiacre du sein de sa patrie.

Ces quatre vers se retrouvent un peu plus loin avec variantes dans l'édition originale.

Que les fainɛts les plus grands doivent faire de même,
Qu'il eſt au-dessus d'eux en un degré fuprême,
Et que le venant veoir en fes palais dorez,
Ils font de fa préfence encor bien honnorez.
Méchant ! c'eſtoit affez de ruiner tant d'Eſtats,
De troubler le repos de tant de potentats,
Qu'un preſtre fcélérat eût ravagé la terre,
Qu'il eût porté partout le flambeau de la guerre,
Ton infolence va jufques dedans les cieux,
Tu fais venir les fainɛts, au lieu d'aller à eux,
Tu les affujettis aux loix de ton caprice (28),
Tu veux qu'ils foient témoins de tes noires malices.
Eh quoi ! jufqu'à ce poinɛt ton impudence monte
Que de croire, impudent, qu'il y a de la honte
D'aller trouver un fainɛt en ta néceſſité
Jufques dans fon pays & dedans fa cité !
Tu craindrois que ce væu deshonnoraſt ta gloire,
Que cet aɛte public fiſt tort à ta mémoire
Et que l'on imputaſt à ta condition
Cet œuvre méritoire à fuperſtition.
Et tu voudras qu'un fainɛt malgré tout cet obſtacle
De fcandale & d'orgueil, pour toi fiſt un miracle !
Tu le voudrois impie & tu ne voudrois pas
Pour l'obtenir du ciel en avoir fait un pas.
Bautru (29), le plus falot de tous ces favoris,

---

(28) Ce vers et le suivant sont omis dans l'édition originale; nous les trouvons dans l'édition de M. Fournier.

(29) Guillaume Bautru, comte de Nogent, l'un des beaux
esprits du dix-septième siècle, naquit à Angers en 1588. Il
était en quelque sorte le bouffon du cardinal de Richelieu,
qu'il amusait par ses jeux d'esprit et ses saillies. Admis à

Avec un plein pouvoir eſt parti de Paris
Pour ruiner (30) cet ancien protecteur de la Brie,
Enlever ſainct Fiacre du ſein de ſa patrie.
Mais hélas ! tout fait joug à cet enlèvement
L'éveſque & le clergé ſont ſans reſſentiment (31),
Et les peuples, réduits à un triſte ſervage,
Souffrent ſans murmure ravir leur héritage (32),
Piller leurs ſainćts thréſors, prendre leurs offemens,
Fouiller au plus ſacré de tous les monumens (33),
Et deux grands députez chargez de la conduitte (34)
Mettent par les chemins tous les galeux en fuitte,
Réſervant la vertu de ce vol précieux

---

l'Académie française, il devint l'ami de Ménage, qui cite presque à chaque page de ses œuvres les bons mots de Bautru, et eut pour panégyriste l'académicien Costar. Le poëte Saint-Amant a dit :

> Si vous oyez une équivoque
> Vous jettez d'aise votre toque
> Et prenez son sens malotru
> Pour un des beaux mots de Beautru.

Sa femme ne se faisait jamais appeler que madame de Nogent, dans la crainte que la reine Marie de Médicis, en prononçant en *ou*, selon la coutume italienne, la dernière lettre de son nom, ne donnât matière à des interprétations équivoques sur son compte.

(30) VAR. Pour ravir. . . . . . .   [vage.

(31) VAR. L'évesque et le clergé jà réduits à un triste ser-Cette variante, ne donnant qu'un seul vers au lieu de deux, est fournie par l'édition originale. Elle est évidemment fautive : la mesure et la rime ne s'y trouvent point; nous avons suivi le texte de M. Fournier.

(32) VAR. . . . . voler leur héritage.

(33) VAR. . . . . de tous leurs monumens.

(34) VAR. Deux graves députez chargez de la conduitte.

Pour donner guérifon à ce Q glorieux.
Thelis, doyen de Meaux, en habit magnifique (35)
Doit eftre le premier porteur de la relique :
Le bon doéteur Jullien quoyqu'en très-grand émoy,
Suivra le harangueur en dépit de fa foi (36),
Et quoiqu'il foit le plus zélé de la Sorbonne,
Quitte fon férieux & prend l'humeur bouffonne,
Prefte fon miniftère à ce plaifant ébat
Qui reffemble à celui qui fe fait au fabat.
Ainfi les députez veulent à fon de trompe
A l'honneur de ce fainct avoir part avec pompe,
S'attendant bien déjà que, felon fon devoir,
Le roy des cardinaux les viendra recevoir,
Et qu'en proceffion, eftans tous en prière
Marcheroient devant lui la croix & la bannière,
Qu'on diroit le Salut & le Magnificat
Et que l'on le verroit en fon pontificat.
Cependant fans fortir un pas hors de fa chambre
Qu'il faifoit parfumer toute de musc & d'ambre,
Pour n'eftonner le fainct de cefte infection
Qui du parfaict miniftre eft l'imperfection,
Et modérer un peu l'odeur puantiffime

---

(35) Gui III, de Thelis, 64e doyen de Meaux. « On l'appel-
loit *le Vaillant de Thelis,* je ne sçais pour quel sujet, » dit
dom Toussaint Du Plessis. « Il étoit conseiller de la Grand'-
Chambre et fut élu Doien le 6 mai 1637. Il portoit la robe
rouge; mais sa qualité de conseiller au Parlement lui en don-
noit le droit. » (*Histoire de l'Église de Meaux,* tome I, p. 564).
Nous ferons remarquer que l'on a mal lu, dans les anciennes
éditions, le nom de ce doyen, qui par suite se trouve écrit
Thetis dans les *Variétés littéraires.*

(36) VAR. Suivra cet harangueur au mépris de sa foy.

Qui sort du Q poury de l'Éminentissime,
De son siége percé ne se mouvant non plus
Qu'un podagre impotent de ses membres perclus;
Ainsi dedans son lict reçoit ceste ambassade (37),
Et, la face tournée, offre son Q malade,
Surpassant la fierté des princes ottomans
Qui présentent le dos à tous leurs courtisans (38).
L'orateur estonné de ceste pourriture,
Atteste ciel & terre & toute la nature,
Et dit qu'on fait grand tort à la gloire du Sainct (39);
Du voyage inutile, & du travail se plainct,
Qu'il est vrai qu'un teigneux, un galeux, un podagre
Sont objects du pouvoir de monsieur sainct Fiacre,
Mais qu'il ne guérit pas un fantosme sans corps,
Que sa vertu ne peut ressusciter les morts,
Qu'il ne peut pas oster le butin à la terre
Et sauver ce meschant plus digne du tonnerre (40),
Que son Q est desjà le partage des vers
Et que l'âme d'Armand est le prix des enfers.
C'est pourquoy murmurants députez des reliques (41),
Croyans qu'on les a prins pour de vrais empiriques,
Qui les a faict venir pour soulager un mal
Dont le Q juste autheur punist le cardinal,

---

(37) **Var.** Armand dedans son lict, reçoit cet (*sic*) ambassade.
(38) **Var.** Qui présentent leur dos à leurs chers courtisans.
(39) **Var.** Dit que l'on fait grand tour à la vertu du saint.
(40) **Var.** Ny sauver ce meschant plus digne du tonnerre.
(41) **Var.** Ainsi tous murmurans, députez et reliques
    Crient qu'on les a pris pour de vrais empiriques
    Qu'on les a fait venir pour soulager un mal
    Dont le ciel, juste autheur, punit ce cardinal,
    Dompte ce furieux et venge l'arrogance.

Dompte cet infolent & punift l'arrogance
Qui luy faict mefprifer les princes de la France
Et faict porter fon throfne au-deffus de nos lys (42).
Mais l'infolent ne peut y demeurer affis (43),
Ce cruel Philiftin a fenti la vengeance
Du grand Dieu, protecteur de l'arche d'alliance ;
Cet impie eft frappé, mais non pas dans le cœur,
Un poltron n'eut jamais cefte marque d'honneur.
Son dos, fon Q rongé (44) ferviront de victime
Et d'expiation aux autheurs de fes crimes (45).

---

(42) Var. Qui fait porter son throsne au-dessus de nos lys.

(43) L'édition originale porte :

L'insolent n'y peut y demeurer assis.

Le texte de M. Fournier, que nous adoptons, est plus conforme au génie de la langue française.

(44) Var. Suivant Tallemant des Réaux, le cardinal était sujet aux hémorrhoïdes. Louis de Fontenettes, dans son *Hippocrate dépaysé en vers françois* (Paris, 1654 ; in-4°), parle ainsi de cette maladie :

Grand bien fait ce mal de saint Fiacre
Qui veut dire autant que fiatre
Quand on vuide le sang du Q,
A gens mornes comme un cocu
A la phrénésie arrangée,
Par le Q la teste est purgée.

« Je ne dis rien d'une espèce d'incommodité à laquelle on a donné le nom de fic ou mal S. Fiacre. C'est une sorte de champignon ou excroissance de chair qui jette une sanie fort puante et qui survient pour l'ordinaire autour du fondement et des parties honteuses. » (Dom Toussaint Du Plessis. *Hist. de Meaux*, t. 1, p. 59.)

(45) Var. Et d'expiation aux horreurs de ses crimes.

LORSQUE LE CARDINAL ENTRA DANS PARIS,

PORTÉ DANS SA MACHINE (1).

Pour satisfaire à ton envie
Ce que l'on porte là devant,
Passant, c'est le tombeau mouvant,
D'un mort qui peut oster la vie :
Il n'a plus l'usage des doigts
Et prend trois villes à la fois.
Il tient toujours ses armes prestes,
Il se pare d'un attentat,
Et sans bras défait les testes
Des Factieux de cet Estat :
C'est un mort qui vend des Oracles,
Qui n'oit rien d'obscur ny de faux,

---

(1) Il est fait allusion à la litière de Richelieu. Cette espèce de chambre, où il pouvait tenir deux hommes à côté de son lit, était portée sur les épaules de ses gardes, qui se relayaient durant la route. On abattait des pans de muraille pour faire entrer cette machine plus commodément dans les villes. C'est ainsi qu'il fit le voyage de Lyon à Paris, où il rentra triomphant après l'exécution de Cinq-Mars et de De Thou, pour mourir lui-même peu de temps après, le 4 décembre 1642. — Cette pièce ne se trouve que dans la première édition. Nous l'avons reproduite textuellement, en y laissant subsister les fautes de l'original.

Et pour dire en peu de mots :
C'eſt un mort qui fait des Miracles,
Non ce n'eſt pas un mort, paſſant ;
Mais c'eſt dans un corps languiſſant,
Un eſprit de ſubtil & ferme,
Enfin l'on peut mettre dehors
De la litière qui l'enferme,
Le Cardinal d'une ame, & le tombeau d'un corps.

*A*RMAND *depuis que le treſpas*
A franchi le cours de ſes pas,
C'eſt à qui blaſmera ta vie,
Mais moi qui déplore ton ſort
Je dis ſans haine & ſans envie
Que c'eſt aſſez que tu es mort.

FIN.

ACHEVÉ D'IMPRIMER LE 1Oᶜ JOUR DE MARS MDCCCLVIII
PAR J. CLAYE, RUE SAINT-BENOIT, Nᵒ 7, A PARIS.

LE NEZ POURRY

DE THEOPHRASTE

RENAUDOT

GRAND GAZETIER DE FRANCE

ET ESPION DE MAZARIN,

Appellé dans les Chroniques

NEBULO HEBDOMADARIUS, DE PATRIA DIABOLORUM,

AVEC SA VIE INFAME ET BOUQUINE

Recompensée d'une Verole Euripienne, ses usures; la décadence de ses Monts-de-Pieté, & la ruine de tous ses fourneaux & alambics (excepté celle de sa Conffrence, retablie depuis quinze jours) par la perte de son Procez contre les Docteurs de la Faculté de Medecine de Paris.

SVR LE NEZ POURRY

DE

THEOPHRASTE RENAUDOT

ALCHYMISTE, CHARLATAN, EMPIRIQUE,

Vſurier comme un Juif, perfide comme un Turc,
meſchant comme un Renegat, grand Fourbe, grand
Vſurier, grand Gaʒetier de France.

RONDEAU.

C'EST pour ſon Nez, il luy faut des Bureaux,
Pour attraper par cent moyens nouveaux
Des Carolus, incaguant la Police ;
L'on y hardoit Office & Benefice,
L'on y voyoit toutes gens à monceaux,
Samaritains, Juifs, garces, maquereaux ;
L'on y portoit & bagues & joyaux,
Pour aſſouvir ſon infame avarice
    C'eſt pour ſon Nez.

Q u'il fit beau voir ces Pieux animaux (1)
Entrer en lice, & courir par troupeaux,
Pour foutenir la bande Curatrice :
Mais tout d'un coup, ma foy Dame Juftice
Jetta par bas alambics & fourneaux :
    C'eft pour fon Nez.

AUTRE RONDEAU

Sur le mefme sujet.

U n pied de Nez ferviroit davantage
A ce Fripier, Docteur du bas étage,
Pour fleurer tout, du Matin jufqu'au Soir ;
Et toutefois on diroit à le voir,
Que c'eft un Dieu de la Chinoife plage :
Mais qu'ai-je dit ? c'eft plutoft un fromage,
Où fans refpect la mite a fait ravage ;
Pour le fentir, il ne faut point avoir
    Un pied de Nez.

L e fin Camus touché de ce langage,
Met auffi-toft un remede en ufage,
Où d'Efculape il reffent le pouvoir :
Car s'y frottant, il s'eft vu recevoir
En plein Senat, tout le long du vifage,
    Un pied de Nez.

---

(1) Martin, advocat, intervenant pour ceux de Montpellier,
les appella *animaux charitables.*

QVATRAIN XVII

Extrait de la 22ᵉ Centurie de Michel Noſtradamus,
Poete, Mathématicien, & Medecin Provençal,
prédiſant la perte du procez du Gazetier, ſoy
diſant Medecin de Montpellier, contre les
Medecins de Paris, par un Arreſt ſolennel
prononcé en robbes rouges, apres cincq
Audiences, par Mr. Meſſire Matthieu
Molé, premier Préſident, le premier
jour de Mars l'an 1644.

UAND le grand Pan (2) quittera l'eſcarlate,
Pyre (3) venu du coſté d'Aquilon (4)
Penſera vaincre en Bataille (5) Eſculape (6)
Mais il fera navré par le Talon (7).

---

(2) Quand sera mort le Cardinal de Richelieu, qui portoit le Gazetier : il est ici comparé à Pan, dieu des Faunes et Satyres, à cause de ses impudiques et sales amours. Le sieur de Priezac, dans son Amant solitaire :

Et vous, Faunes lascifs, Ægi-pans et Sylvains.

(3) Pour Zopyre, qui avoit le nez coupé.

(4) Païs de malheur, pays à tous les diables, c'est Loudun, pays du Gazetier.

(5) Le nom de l'advocat du Gazetier.

(6) *Voir*, pour les notes 6 et 7, au verso.

(6) La Faculté de Médecine de Paris.

(7) C'est le nom de M. Talon, advocat général, qui a demandé justice à la Cour de la vie et de l'usure du Gazetier, et qui a donné contre luy de véritables et raisonnables conclusions.

FIN

ACHEVÉ D'IMPRIMER LE 10ᵉ JOUR DE MARS M DCCC LVIII
PAR J. CLAYE, RUE SAINT-BENOIT, Nᴼ 7, A PARIS.

NON SOLUS

LA
DEFENSE DU PET

POUR LE GALANT DU CARNAVAL

Par le Sieur de S. AND.

A PARIS

M . DC . LII .

LA

DEFENSE DU PET

POUR LE GALANT DU CARNAVAL.

E Galant trop attentif à cajoler sa Maistresse, un Pet, mon pauvre Amy, luy est eschappé par derrière ; souffle si tu veux, les volontez sont libres. Mais si tu le pouvois rattraper, tu ferois de Caresme prenant, & luy de Caresme pris : En ce cas je te conseille de ne le point chercher aux talons, car c'est un Traistre, il est allé au nez. C'est, mon Amy, ce qui a offensé la Maistresse, qui dans l'humeur impérieux de son sexe, a traitté son Galant d'infolent ; & cela luy a fait perdre les Estriers : Il y avoit bonne compagnie, cela l'a troublé, &, dans le trouble, il a perdu patience & le respect à sa Déesse, à laquelle il devoit présenter de meilleurs parfums. Donc pour te le faire court, on en est venu à une fraction d'Arithmétique, & le mariage qu'on devoit conclure au Carnaval a esté cassé comme verre, quoy que le Galant, qui a eu regret à

ſa promptitude, aye pu alléguer pour ſa défenſe, &
pour Nature. En fin finale il a pris les armes à la main
pour le Pet, duquel il te préſente l'Apologie.

L'APOLOGIE DU PET.

Unique objet de mes deſirs,
Philis faut-il que mes plaiſirs
Pour rien ſe changent en ſupplices,
Et qu'au meſpris de voſtre foy,
Un Pet efface les ſervices
Que vous avez receu de moy?

Je ſçay bien, ô charmant objet,
Que vous avez quelque ſujet
D'eſtre pour moy toute de glace,
Et je confeſſe ingénument,
Puisque mon Q ſait ma diſgrace,
Qu'elle n'eſt pas ſans fondement.

Si pourtant cet extreſme Amour,
Dont j'eus des preuves chaque jour,
Pour un Pet s'eſt changé en haine,
Vous ne pouviez jamais ſonger
A rompre une ſi forte chaiſne,
Pour aucun ſujet plus léger.

ON Cœur outré de defplaifirs,
Eftoit gros de tant de foupirs,
Voyant voftre humeur fi farouche :
Que l'un d'eux fe trouva réduit,
Ne pouvant fortir par ma bouche,
A chercher un autre conduit.

'IL eft vray qu'on n'ofe nier
La porte au pauvre prifonnier,
Alors que fa princeffe paffe :
Ce Pet pouvoit avec raifon
Vous demander la mefme grace
Puis qu'il fe voyoit en prifon.

'IL ne s'eft pas bien conduit,
Qu'il n'ait fait un peu trop de bruit,
Lors qu'il fe fraya cette voye,
C'eft qu'il eftoit fi tranfporté,
Qu'il fit en l'air un cri de joye,
En recouvrant fa liberté.

ÉLAS ! quand je viens à fonger
A ce fujet foible & léger,
Qui caufe mon mal-heur extrefme,
Je m'efcrie en ma vive ardeur :
Falloit-il me mettre moy-mefme,
Près de vous en mauvaife odeur ?

I pour un Pet fait par hazard,
Voftre cœur où j'eus tant de part,
De Moy pour jamais fe retire,
Voyez que dores en avant,

Vous me donnez ſujet de dire
Que vous changez au moindre vent.

N E ſaites donc point d'autre choix,
Et puisque voſtre Ame à mes loix
S'eſtoit ſoumiſe toute entiere,
Soyez telle qu'auparavant,
Ou l'on dira que mon derriere
M'a fait perdre voſtre devant.

ADVIS AUX GALANTS

ET AUX MAISTRESSES.

O R je vous donne donc advis Meſſieurs les Galants, de ne point jouer du Cornet à bouquin, en préſence de vos Maiſtreſſes : parce que la Muſique aux Cochons de Louys XI, ny ces parfums du Ponent, ne leur font pas bien agréables : Et ſouvenez-vous qu'Alcibiade, le Mignon du Sage Grec, ne voulut point apprendre à jouer de la Cornemuſe, pour n'eſtre point obligé à ſouffler, & qu'il bannit la muſique des Tables, pour n'en pas fracaſſer l'entretien. Ces ſortes d'Orgues & ces Pédales en font de meſme, elles bleſſent les pudiques oreilles de vos tendrons de Maiſtreſſes.

Et vous, Mademoiſelle Jeanneton, Magdelon, Ca-
thau, Marotte, Margot, les incomparables. Et la la,
ne faites pas tant les Impératrices, les farouches, &
les myſtérieuſes. Nous vous connoiſſons bien, & nous
fçavons bien que vous nous eſtes inutiles quatre jours
du mois, & que la Berrette au Cardinal vous fait
moult de peine, ſans vous mettre dans l'Eminence que
vous prétendez ſi fort. Et ſi nous ſommes un peu Ido-
latres, c'eſt que nous adorons de ſauſſes beſtes qui
paſſoient chez les Egyptiens pour Divinitez. Et un Pet
eſt-il ſi grand choſe? Sçavez-vous bien qu'il y a, c'eſt
que (hum !) ſi vous faites tant les ſucrées, vous ne
mangerez pas de viande freſche, ny de poiſſon de
douce eau tout ce Careſme, & vous ferez obligées à
jeuſner Feſte & Dimanche : Et cela (hum !) diminuera
de voſtre embonpoint, & vous fera porter les couleurs
(hum !). Vous m'entendez bien, ſans vous le dire.

FIN.

ACHEVÉ D'IMPRIMER LE 1 0ᵉ JOUR DE MARS M DCCC LVIII
PAR J. CLAYE, RUE SAINT-BENOIT, Nᵒ 7, A PARIS.